ママはおしゃべり

山中 恒・作　おのき がく・絵

小峰書店

もくじ

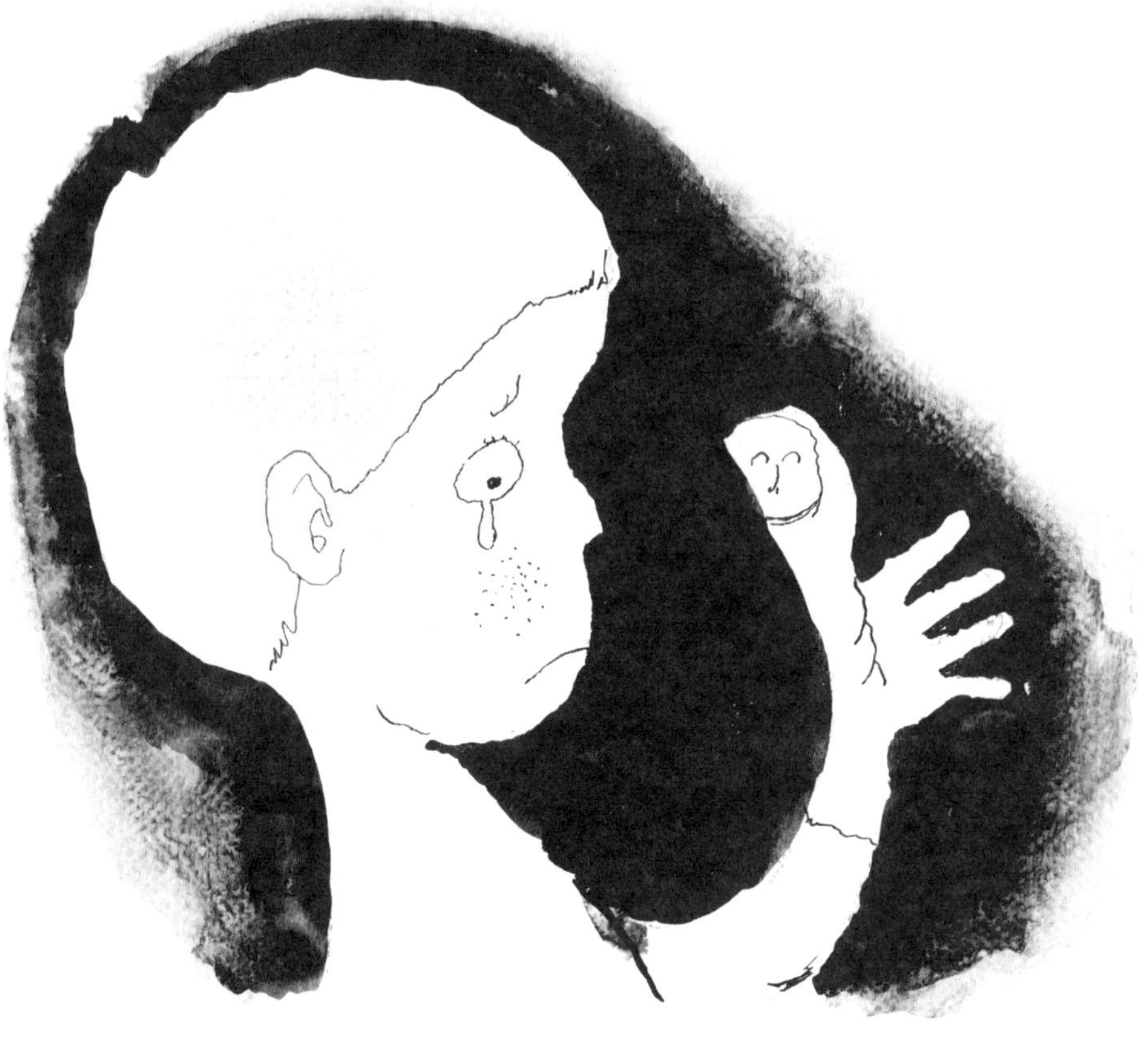

ママは おしゃべり

ねえ、ねえ！　あたしね、ミナって
いうの。ママは、ミナのこと、
とっても　おしゃべりだって　いうの。
それでね、このあいだ、おとなりの
おばさんが　きたのよ。おとなりの
おばさんも、ものすごーい
おしゃべりなの。

「ミナちゃん、さっき　ママと　おはなししてたの、あれ、なんの
おはなしだったの？　おばちゃんに　きかせてちょうだいよう！」
だから、ミナが　ほんとうのことを　おしえてあげたの。
「あのね、ママが　いったのよ。『おとなりの　おくさんて、
ほんとに　おしゃべりで　いやよ』ですって。こんど　うちで
じどうしゃを　かうことにしたんだけど『いっちゃ　だめよ』って。
『そんなことを　きいたら、あっちこっちへ　いって、
ぺちゃくちゃ　しゃべりちらすんだから』……て　いったのよ。」
「うんまあ！」
そうしたら、そこへ　ママが　きて、にっこりして　いったの。
「あら、いらしてたんですか。どうぞ　おあがりくださいな。

おちゃでも　いれますわ。いちにち　いっぺん、おくさまと
おしゃべり　しないと、わすれものでも　したみたいで、
おちつかないんで　ございますよ。おほほのほ！」
でも、おとなりの　おばさんは、わらわなかったわよ。ちらっと
よこっちょ　みて、
「ええ、ええ、どうせ　わたくしは　おしゃべりで
ございますからね！」
おとなりの　おばさん、どなったのよ。そうしたら、ママが
びっくりして、
「あーら　おくさま、なにを　おっしゃいますのよ」。
なんて　いうから、ミナが　ママに　おしえてあげたの。

「さっき、ママが　いったでしょ。
おとなりの　おばさんが、とっても
おしゃべりだって。あのこと、
みーんな　おしえてあげちゃった。」
そうしたら、ママは　おっかない
かおをして、ミナの　おしりを
ぶったのよ。ほんとうのことって
いっちゃ　いけないのね。
そのあとで、ママが　おつかいに
いくんで、ミナも　ついていったの。
とちゅうで、うらの　おばさんに

あったのよ。ほんとうは　ミナ、うらの　おばさんに　あうの、
きらいなの。だってねえ、みちの　まんなかで、ママと
ぺちゃくちゃ　ぺちゃくちゃ、いつまでたっても
やめないんですもの。
そのときも　やっぱり　そうなのよ。
ぺちゃくちゃ　ぺちゃくちゃ……。
ミナは、いやんなっちゃって　かいものかごの　なかを
のぞいたの。そうしたら、まっかな　イチゴが　あったのよ。
やおやさんで　かったのよ。ぺこぺこの　すきとおった　はこに、
イチゴが　たくさん　ならんでいるの。
よくみたら、くさりかけたのが　ひとつ、あったのよ。だから、

ミナは　それを　つまんで、みちの　わきへ、ぽいと　すてたの。
すてた　イチゴを　みつけて、アリが　きたわ。いっぴき、
にひき、さんびき……ひゃくさんじゅういっぴき　きて、イチゴを
ぽろぽろにしてしまったわ。
あとには、くろっぽい、みどりの　へただけしか　のこらないの。
それでも　ママたちは、まだ　**ぺちゃくちゃ　ぺちゃくちゃ**……。
そのうちに、ミナね、へんなことに　きがついたのよ。みちの
わきの　ところの、あっちこっちから、まるで　とげみたいな
みどりいろの　めが、ちくん　ちくん　ちくん？……。
その　ちくん　ちくんが、こんどは　ちいさい　はっぱを
そうっと　のぞかせたのよ。まるで、みみかきみたいな　ちいさい

はっぱなの。
その　はっぱが、だんだん
ひろがって、スプーンぐらいの
おおきさに　なったの。それがね、
いくつも　いくつも。はっぱが
いちまい　にまい　さんまい
よんまい……って、ごじゅうまいも。
それが、いっぽん、にほん、
さんぼん、よんほん、ごほん……て
やっぱり　ごじゅっぽんぐらい。
そうよ！　そのへんが　きゅうに、

みどりいろに　なったのよ。

それでも、ママと　うらの　おばさんは、**ぺちゃくちゃ**

ぺちゃくちゃ……。

しょうがないでしょ。ミナは　だまって、その　みどりいろの

くさを　みていたわ。そうしたらね、ちいさい　ちいさい

つぼみが　たくさん　できたの。その　つぼみがね、ふくらむのよ。

そうして、しろい　はなが　ぽちん　ぽちん　ぽちん……て。

そうしたら、ハチが　きたわ。ミツバチが、いっぴき、にひき、

さんびき、よんひき、ごひき、ろっぴき……。そして、その

ちいさな　はなの　みつを、ちゅう　ちゅう　ちゅうちゅう

ちゅう**！**

それでも、ママと　うらの　おばさんは、**ぺちゃくちゃ**
ぺちゃくちゃ……。
ミツバチの　つぎに、チョウチョも　きたわ。そうしたら
ちいさい　はなが　しぼんで、きいろい、みどりいろみたいな
ものが、はなの　あとへ　ぽつん　ぽつん　ぽつん……。

それが　だんだん　ふくらんできたのよ。イチゴよ。まっさおなイチゴなの。あおい　ケムシみたいに、いっぱい、ちいさな　けのはえた　イチゴなの。

その　あおい　ケムシの　かたまりみたいな　イチゴが、だんだん　きいろくなって、すこうしずつ　あかくなってきたの。きいろから　だいだいになって、まっかよ。つやつや　ぴかぴかのまっかよ。

ミナ、もう　うれしくなって

「ねえ、ママ、このイチゴたべても　いいでしょ？」

って　きいたの。

うらの　おばさんと
ぺちゃくちゃ　ぺちゃくちゃ
やっていた　ママは、
めんどうくさそうに　うんうんて
くびを　ふっただけなの。
「ほんとに　いいのね　この
イチゴよ。」
――うん　うん。
「あとで　おこらないでね。」
――うん　うん。
「みーんな　たべても　いいのね。」

――うん　うん。
それから　ママは、また　うらの　おばさんと　**ぺちゃくちゃ**
ぺちゃくちゃ……。
ねえ！　ミナ、うれしくなっちゃった。その　まっかな
イチゴを　つまんで、くちへ　いれたの。はで　かんだわ。
ぷちゅって、あまーい　しるが、くちのなか　いっぱいに
ひろがって、よだれが　つーっ。
　ミナは　よろこんで　たべたわ。ママが、みんな　たべても
いいって　いったんですもの。まっかな、やわらかな　イチゴを
ひとつ　ふたつ　みっつ　よっつ　いつつ　むっつ　ななつ　やっつ
ここのつ　とお……。ひゃくも　にひゃくも　さんびゃくも……。

郵便はがき

162-8790

料金受取人払郵便

牛込支店承認

6099

差出有効期間
平成23年7月
31日まで有効
(切手をはらずに
お出しください)

東京都新宿区市谷台町
四番一五号

株式会社小峰書店
愛読者係

ご愛読者カード　今後の出版企画の参考にいたしたく存じます。ご記入の上ご投函くださいますようお願いいたします。

今後，小峰書店ならびに著者から各種ご案内やアンケートのお願いをお送りしてもよろしいでしょうか。ご承諾いただける方は，下の□に○をご記入ください。

□ 小峰書店ならびに著者からの案内を受け取ることを承諾します。

・ご住所　〒

・お名前　(　　歳) 男・女

・お子さまのお名前

・お電話番号

・メールアドレス (お持ちの方のみ)

ご愛読ありがとうございます。
あなたのご意見をお聞かせください。

この本のなまえ

この本を読んで、感じたことを教えてください。

この感想を広告等、書籍のPRに使わせていただいてもよろしいですか?
（ 実名で可・匿名で可・不可 ）

この本を何でお知りになりましたか。
1. 書店　2. インターネット　3. 書評　4. 広告　5. 図書館
6. その他（　　　　　　　　　　　　）

何にひかれてこの本をお求めになりましたか？（いくつでも）
1. テーマ　2. タイトル　3. 装丁　4. 著者　5. 帯　6. 内容
7. 絵　8. 新聞などの情報　9. その他（　　　　　　　　　　　　）

小峰書店の総合図書目録をお持ちですか？（無料）
1. 持っている　2. 持っていないので送ってほしい　3. いらない

職業
1. 学生　2. 会社員　3. 公務員　4. 自営業　5. 主婦
6. その他（　　　　　　　　　　　　）

ご協力ありがとうございました。

でも、いやねえ。イチゴの　げっぷよ。なんだか、きもーちわるく　なってきちゃって。そうしたら、みどりいろのイチゴの　はっぱは　かれて、しわしわって　しぼんじゃったの。そうしたら、ママがね、うらの　おばさんに　いってるところだったわ。

「あらま、とんだ　たちばなしを　してしまいましたわ。まだおかいものが　のこってるんですのよ。それじゃ、しつれいします。ほら、ミナ、おばちゃまに　さよなら　しなさい。」

すぐ　うらの　うちなのにね。でも、ミナは、なんでも　ママのいうとおりよ。

「おばちゃま、さようなら。」

それから　ママは、また　おかいものをして、うちへ
かえったの。かいものかごから　いろいろ　だして、れいぞうこへ
いれたり、とだなへ　しまったり……。
そうしたら　きゅうに　とびあがって、
「あら！　あらあらあら！　イチゴが　ない！」

そうなの、イチゴを　いれてあった、ぺこぺこの　すきとおった
はこは　あるんだけど、なかみの　イチゴは　ないのよ。
「あら、ミナ。あなたの　おくちに　ついてるの、その　あかいの
なあに？」
「イチゴかもしれないわ。」
「まあ！　あなたは　あの　イチゴ、ぜんぶ　たべちゃったの？
あらいもしないで　たべちゃったの？」
「でも、ミナが　たべたのは、その　はこに　あった
イチゴじゃないわよ。じめんに　はえてた　イチゴよ。」
「そんな　ばかな。いつ、そんな　イチゴが　はえたのよ。」
「だから、かいものかごの　なかの、くさった　イチゴを

すてたら、アリが　きて、くずして　めが　はえて……。
「うそ　おっしゃい。よけいな　おしゃべりばかりして。」
ママは、ちっとも　いうことを　きいて　くれないのよ。
そうしたら、そこへ　また　おとなりの　おばさんが
とおりかかったの。ママったら、にこにこして　いうのよ。
「あーら　おくさま、さきほどは　ミナが　たいへん　しつれいな
ことを　いいまして……。だいたい、ミナって　うそつきで、
ひどい　おしゃべりで、いまも　こんなことを　いうんですよ……。」

でもね、ミナは、ちゃーんと　ママの　おなかから
うまれてきたんですってよ！

くたばれ　おやゆび

オオムラ・ダイスケ――ろくさい――
さくらようちえんの　おおきいくみ――
らいねん　いちねんせい――。
その　ダイスケが、ここんとこ
ちょっと　あたまにきてるんだなあ。
みんなが、ダイスケの　ことを
あかんぼだって　いうんだ。

「ちえっ！　ぼくの　どこが　あかんぼうだよう！

ばかに　すんな！」

ダイスケは、うちへ　かえると、じぶんの　かおを、かがみに
うつしてみたね。

「あ！　わかっちゃった。」

ダイスケは、みぎての　おやゆびを　しゃぶってるんだ。

きがつかないうちに　あかんぼうみたいに　ちゅうちゅうなんて
すっちゃってるんだ。

「そうかあ！　よし、ぼく、もう　ゆびなんか　しゃぶらないぞ！」

だめなんだなあ　ダイスケ。いくら　ゆびを

なめないでおこうと　おもっても
いつのまにか　なめちゃってる。
「ようし！」
ダイスケは、かんがえて　みぎての
おやゆびを　ほうたいで　まいたね。
これなら、うっかり　なめても
もさもさして、すぐ　きがつくと
いうわけだ。
こんどは　うまくいったなあ。
ときどき、もさもさ　なめたけど、
だんだん　なめなくなったね。

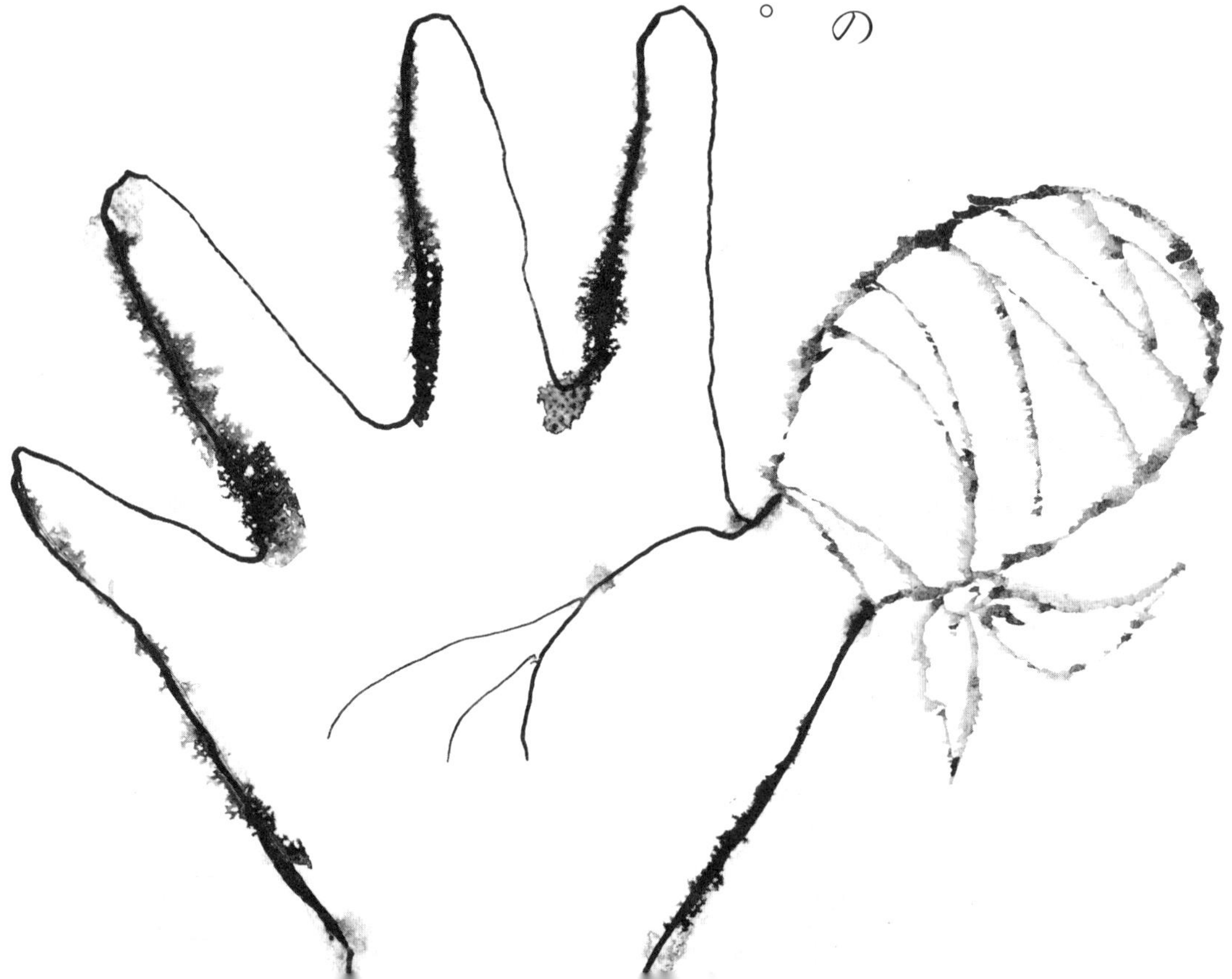

「さあ、もう、ほうたいを　とっても　だいじょうぶだぞ。」

するする　するする、ほうたいを　とった。すると、なんとなく

おやゆびが　かゆい。ちょっと　こすってみた。そうしたら、

ぷくんと　はれてきた。

どうしたのかなあって　おもってると、それが　だんだん

だんだん　ふくらんできたね。はじめ、むしに　さされたみたい

だったのが、ウインナソーセージ　みたいになって、バナナ

みたいになって、とうとう　ダイスケの　かおぐらいに　なったと

おもったら、ぎいって　にらんでるんだ。ダイスケ　そっくりの

かおをして。それだけじゃない。いやあな　こえで　いうんだな。

「やい、ダイスケの　けち！　どうして　おれを

なめないんだよう！　なめてくれないと、ひどいめに
あわせちゃうぞう！」
「きゃあー!!」
ダイスケは　びっくりしたね、おもわず　ひめいを　あげたね。
そうしたら、おやゆびのやつ、するするするって　なんでもない
もとの　おやゆびになって　しらんぷり。
「なーんだ。ぼく、ゆめみてたんだな。おやゆびが　ふくらんで
ものを　いうわけなんか　ないよね。へへーン。」
ダイスケは　あんしんした。だけど、ほんとに　あんしんして
いいのかなあ……。

ここんとこ、ダイスケ、また　へんなんだなあ。
おととい、あさ　おきたら、ダイスケの　ふくが　ないんだ。
おかしいなと　おもっていると、
にわで、だれかの　こえがするんだ。
まどから　のぞいてみると、
ダイスケの　ふくを　きて、
アサガオの　はなも　はっぱも、
ひんむしって、にわじゅうに
ぶんまいてる　やつが　いる。
「だれだあ！」
ダイスケは　おもわず　どなった。

そうしたら、そいつが、ダイスケのほうを　みて、にやぁって
わらうんだ。
「おれだあ、おやゆびだあ！」
ダイスケは　びっくりしたなあ！　みると、みぎての
おやゆびが　なくなってるんだ。こりゃ　たいへんだと
いうわけで、パジャマのまま、まどから　とびおりて、おやゆびの
やつに　とびかかったね。と　おもったら、すうっと
きえちゃった。おやゆびは　もとどおり。
「なんです、ねまきのままで　そとへ　でて！」
ママは、かんかんになって　おこるんだ。ダイスケが　なんと
いっても　きいてくれないんだから　やんなっちゃうね。

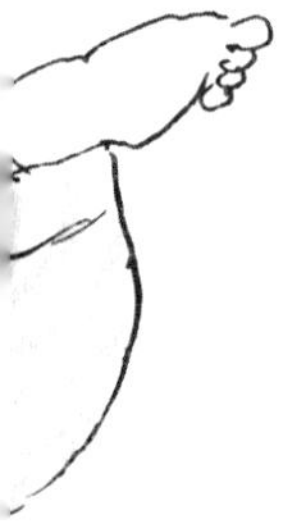

それが　きのうもなんだ。
ダイスケは、となりの　みよちゃんと、えほんを　みてたんだ。
そうしたら、みよちゃんの　かみのけに、ゆびを　ひっかけて、ひっぱるやつが　いるんだ。みよちゃんは、いたがって、ひいひいないてるんだ。

「だれだあ！」
ダイスケが　どなった。
すると、そいつが　ダイスケを
みて、にやぁっとして　いったね。
「おれだあ　おやゆびだあ！」
ダイスケは、はっとして
みぎてを　みた。また　おやゆびが
なくなってるんだよ。これは
いけないと　おもって、
とびかかろうと　すると、ほわっ。
おやゆびが　もとどおり、

ダイスケの　みぎてに　もどってる。そうしたら、みよちゃんが
なきながら　いうんだ。
「ダイちゃんの　ばか！　あたしの　かみのけなんか　ひっぱって。
おばちゃんに　いってやるから。あーん　あーん！」
それを　みて、ママが　かんかんになって　おこるんだ。
「ぼくじゃないってば。」
だめなんだなあ。ママは、きいてくれないんだから
こまっちゃう。
そうしたら、また　きょうだ。
ダイスケが　おやつを　たべてて、ひょいと　みたら、みぎての
おやゆびが　いないんだ。おどろいた　ダイスケは、いそいで

おやゆびを　さがしに　いったね。そりゃ　そうだ。おやゆびに
にげられたなんて　いったら、みんなに　わらわれちゃうものな。
いたよ！　だいどころで、ジャムの　かんを　あけて、
おやゆびが　ゆびを　ジャムの　なかに　つっこんでは、べろべろ
なめてるんだ。くちの　まわりを　ジャムだらけにして……。
「こらあ！」
ダイスケは、おやゆびに　とびかかった。すわっ！　おやゆびは
もとどおり、ダイスケの　てへ　もどった。だけど、おかげで
ダイスケは　ジャムだらけ。そこへ　ママが　きちゃったんだなあ。
「ダイスケ、なんて　おぎょうぎが　わるい。おやつを
あげたでしょう！」

「ぼくじゃ　ないってば！」

「うそつきなさい！　かおじゅう　ジャムだらけよ。それが、なによりの　しょうこだわ！」

ママって、どうして　こう　わからんちんなのかなあ。

ダイスケは、くやしくて　くやしくて　ないちゃったね。

すると……。

「ダイスケ、ダイスケ！」

みぎての　おやゆびが　よんでやがる。

「どうだ　ダイスケ、こまったろう。ぼくを　なめてくれたら　いたずらしないんだけどなあ。どうだ　こうさんか、ウッヘッヘのへ！」

ダイスケも、かんがえちゃったね。
「どうしよう。やっぱり　おやゆびを　なめてやろうか……。
いや！　やなこった。ぼくは、むっつで、
ようちえんの　おおきいくみで、らいねんは
いちねんせいなんだからな！」
おやゆびのやつ、くやしがって、
「ようし、おぼえてろ！」
なんて　おどかすのさ。

ここんとこ、ちょっと　たいへんだったね。
きのう、やっぱり　おやゆびが　いなくなった。

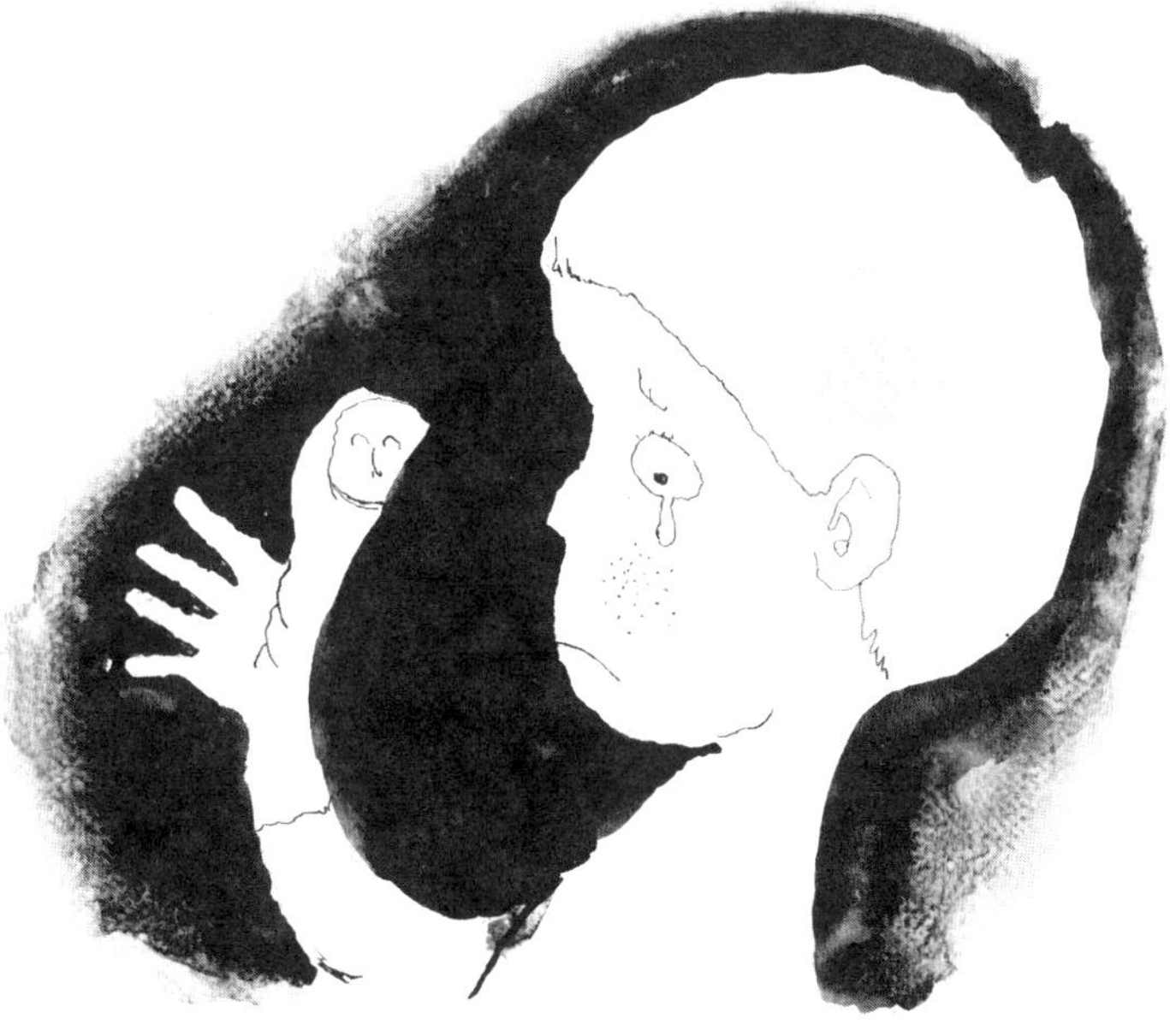

ダイスケは　おおごえで　どなってやったね。

「しってるぞ！　げんかんの　すいそうへ　てを　いれて、ねったいぎょを　いたずらするんだろう。やりたきゃ　かってにやれえ。おやゆびの　ばかやろう！　ぼくは　そとへ　あそびにいくからな！」

そうしたら、おやゆびのやつ、つまらなそうな　かおをして、ほわっと　もとどおり　みぎてに　もどったね。

そして、きょうだ。

みちを　あるいていたら、たくさん　ふうせんを　つけたせんでんカーが、はしってきたね。そうしたら、おやゆびのやつひょこひょこ　でてきた。

そこで、ダイスケが　いってやったね。
「ばか！　せんでんカーを　おいかける　つもりだろう。
しゃどうへ　でたら、あぶないんだぞ。あ、いいや　いいや。
しゃどうへ　でて、せんでんカーを　おいかけろよ。そして、
ダンプカーにでも　ひかれて、ぺちゃんこに　なっちまえよ！」
おやゆびのやつ、なきそうな　かおをしたねえ。
「ダイスケは、どうして　おれが　せんでんカーを
おいかけようとしたのを　しってるんだい？」
だから、ダイスケは　いってやったね。
「なに　いってんだ。おまえは、ぼくの　みぎての　おやゆびじゃ
ないか。おまえなんか、ちっとも　こわくねえや！」

そうしたら、おやゆびのやつ、きゅうに　しおれて、
しなしなしなって、もとどおり　みぎてに
かえっちゃったね　それっきりさ。

ここんとこ　ダイスケ、
ちょうし　いいんだなあ。
みんなが　いうんだなあ。
「ダイスケくん、ずいぶん　おとなに
なったわねえ。このあいだまで
ゆびを　なめていた、あかちゃんには
みえないわねえ。」

ホット・ケーキなんて　だいきらい

エミの　ママは、　エミが　だいすきです。　だから、　エミも
ママが　すきです。
その　ママは、　エミに　ホット・ケーキを　やいてやるのが
だいすきです。　だから、　ママは、　エミも　ホット・ケーキが
だいすきだと　おもいこんでいました。
エミの　ママは、　よく　しゃべります。　エミの　ぶんも
しゃべります。

「エミちゃんは、なにが　すきなの？」
だれかが　きいたとします。すると、
エミが　こたえる　まえに、ママが
さっと　こたえてしまいます。
「エミは　ホット・ケーキが
だいすきなんですよ。それはもう、
ずうっと　まえから
きまっておりましたのよ。」
ですから、みんなは　エミに
ホット・ケーキばかり　たべさせようと
します。しかたがないので、

エミも　だまって　ホット・ケーキを
もくもく　たべるだけでした。

そのひ　エミは、ユキエちゃんの
うちへ　あそびに　いきました。
ユキエちゃんの　ママが、にこにこして
エミに　いいました。
「ちょうど　よかったわ。いま、
ホット・ケーキを　やいていたのよ。」
おおきな　さらに、エミの
かおぐらいもありそうな　ホット・ケーキが

どかん　どかんと　ふたつ。エミは
だまって　もじもじと　たべました。

そのあとで、エミは　ミツヒロくんに
あいました。
「うちの　ママが、エミちゃんを
よんでおいでって　いうんだよ。」
エミは、ふしぎそうに
ミツヒロくんの　かおを　みました。
「よく　わからないけど、エミちゃんが
よろこぶような　ことだってさ。」

エミは　ミツヒロくんの　うちへ　いきました。エミを
まちかまえていたのは、ミツヒロくんの　ママが　やいた、
ホット・ケーキでした。それは、おおきくて、クッションほども
ありました。

エミは、いま　ユキエちゃんの　ところで　たべてきたと
いおうとしました。

「さ、これを　たべてくれなきゃ　おばさん、おこるわよ。」

そういわれると、エミは　ことわれませんでした。エミは　また、
その　ホット・ケーキを　たべました。

「おそいわねえ。どこへ　いっていたのよ。」

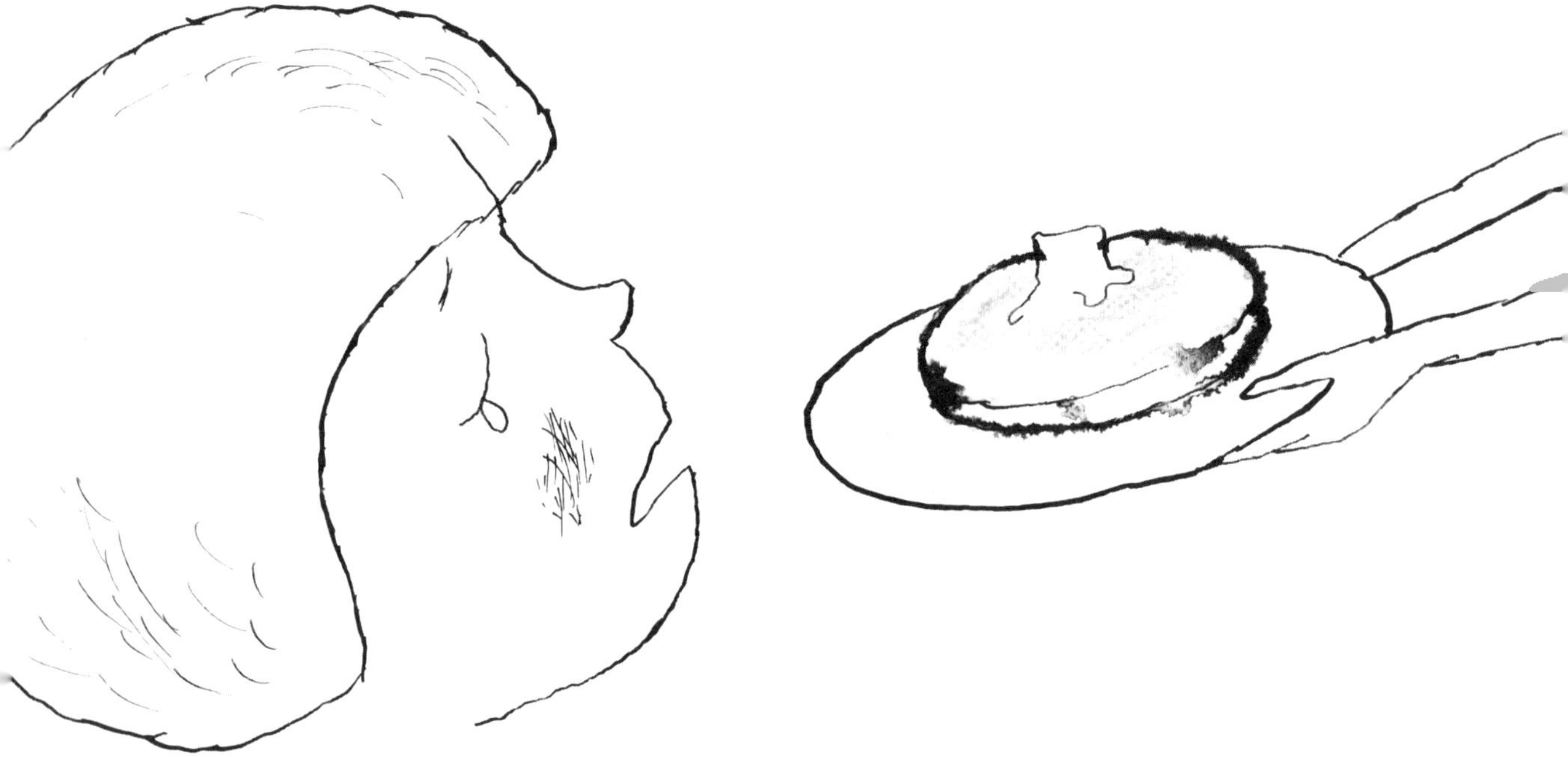

うちへ　かえると、ママは、
おこったように　いいました。
「せっかくママが、ホット・ケーキを
つくって　まっていたのに！」
ホット・ケーキと　きいて、エミは、
なきたくなりました。そんなこととは
しらない　ママは、ホット・ケーキの
はいった　さらを、エミの　まえへ
ガチャリと　おきました。
かっこうのよい、ふっくらとした、
まるい　ホット・ケーキでした。

「どうしたの　エミ。」
エミが、ぼんやり　ホット・ケーキを　みているので、ママが
いいました。
「エミの　だいすきな　ママの　やいた、エミの　だいすきな
ホット・ケーキじゃない。それとも、エミは　ママが
きらいなの？」
エミは、かなしそうな　かおをして、ちいさな　こえで
ぷつぷつと　いいました。
「こんな　ホット・ケーキなんて、ドクキノコに　なれば
いいんだわ。」
「え？　なんですって！」

ママは、かんかんになって　エミを、にらみつけました。その
ママが、びっくりして　とびあがりました。エミの　まえの
ホット・ケーキが、みるみる　ふくれあがったと　おもうと、あか、
きいろ、みどり、くろの、ぎらぎらした　みずたまもようの
おおきな　ドクキノコに　なったのです。
いえ！　そればかりでは　ありません。その　おおきな
ドクキノコは、ゆげを　ふきながら、むくっ　むくっと　おおきく
なって、ママのほうへ、せまりはじめたのです。
「エミ！　エミ！」
ママは　さけびながら、あとずさりして、ドアから　おもてへ
でてしまいました。ドクキノコは、とうとう　うちじゅう

いっぱいに　ひろがってしまったのです。
ママは、こうしゅうでんわの　ボックスへ　とびこみました。
「……いそいで　きてください！
うちのこが　たいへんなんです！……」。
ママは　一一〇《ひゃくとお》ばんへ　でんわを
したのでした。すぐに　サイレンを
ならして、パトカーが　やってきました。
ママは　おまわりさんの　てを
ひっぱるようにして　うちへ
かけこみました。
「いったい、なにが　あったんですか。」

おまわりさんは、へんな　かおをして、ママに　ききました。
ママは、なきながら　いいました。
「おねがいです。きゅうきゅうしゃを　よんで、このこを
びょういんへ　はこんでください。このこは、このへや　いっぱい
ほどもある、おおきな　おおきな　ドクキノコを、
たべてしまったんです。」

おまわりさんは、じろじろと　みました。

「あら？」

うちの　なかは、なんとも　なっていません。テーブルに　むかっている　エミが、いやあな　かおをして、ドクキノコの　ちいさな　かけらを、くちへ　いれるところでした。

「エミ！」

ママは、むちゅうで　エミに　とびつきましたが、エミは　おどろいた　はずみに、へろんと、のみこんでしまったのです。

「おくさん、わるふざけを　しないでください。そんな　ばかな　ことが　あるわけが　ないではありませんか。」

ママは、わあわあ　なくだけでした。

つぎのひの　ことです。

ママは、かんがえました。

〈きのうは　どうかしていたんだわ。あんな　ばかげたことが

ほんとうに　おきるわけが、ないわ。きっと、ゆめだったんだわ。〉

そうおもった　ママは、また、エミのために、ホット・ケーキを

やきました。エミは、かなしそうに　ママを　みました。

それなのに　ママは、エミのほうを　みようとも　しないで、

ホット・ケーキの　さらを、エミの　まえへ　おきました。

「ほら！　こんがりと　キツネいろで、おいしそうじゃない。さ、

さめないうちに　おあがり。」

すると、エミは、ちいさい　こえで、ぷつぷつと　いいました。
「そうだわ。こんな　ホット・ケーキなんか、キツネに
なっちゃえば　いいんだわ。」
「なにを　ばかなことを　いってるの！」
ママが、そういった　とたん、
エミの　まえの　さらから、
にゅうっと　たちあがったものが
いました。キツネでした。おおきな
キツネでした。かおは　とがって
めは　みどりいろに　ぎらぎらと
ひかっていました。そして、

ちいさな　みみを　ぴっと　たてると、ママのほうを　にらんで、
きばを　むきだしながら、ひくく　うなりました。

ママは、いきが　とまるほど　おどろきました。

〈おかしいわ。こんな　ばかなはなしって　あるわけ　ないわ。

わたしの　めが、どうかしてるんだわ！〉

そこで、おおごえで　エミに　たずねました。

「エミ、いま　あんたの　まえに　いるものは、なあに。」

すると、エミは　ちいさい　こえで、ぷつぷつと　いいました。

「キツネよ。にくらしい　キツネよ。」

「ほんとうに　キツネなんでしょうね。」

「そうよ。」

みると、エミは、いやあな　かおをして、キツネを
おさえつけると、いきなり　キツネの　しっぽを　ちぎりました。

「エミ！　なにを　するの！」
ママは、そばで　みていて、はらはら
しながら　いいました。でも、エミは
へいきな　かおで、その　しっぽを
くちへ　いれると、めんどくさそうに
もちょもちょと　たべはじめたのです。
「あ！」
そういったきり、ママは、
びっくりして、こえが　でなくなって
しまいました。エミは、そんな　ママの
ほうを　みようともしないで、こんどは

きばを　むきだしている　キツネの　くびを、りょうてで
つかむと、がぶりと　くいちぎりました。
「おお！」
それっきり　ママは、めをまわして　しまいました。

もう、エミの　ママは、ホット・ケーキを　やきません。いえ！
そればかりでは　ありません。いまは、エミが　ホット・ケーキを
たべたいなんて　いわなければ　よいと、びくびくしています。
そんな　ママに、エミは　はっきり　いいました。
「エミね、ホット・ケーキなんて、だいきらいだったらしいわ。
ママ、そんなこと、わからなかったの？」

作家・山中　恒（やまなか　ひさし）
1931年、北海道に生まれる。早稲田大学文学部卒業。児童読物作家。作品に『赤毛のポチ』『とべたら本こ』『天文子守唄』『ぼくがぼくであること』『三人泣きばやし』他、評論に『青春は疑う』『児童読物よ、よみがえれ』『ボクラ小国民』シリーズ全6巻等多数。その作品は、時代、年代をこえ子どもから大人まで、多くの読者の心をとらえている。

画家・おのき　がく（小野木　学）
1924年、東京に生まれる。'61～'62、パリへ留学。シェル美術展受賞、東京国立近代美術館をはじめ、東京都、兵庫、岡山、三重、大分の県立美術館に作品が収蔵されている。絵本に『かたあしだちょうのエルフ』（ポプラ社）'70年第19回小学館絵画賞、他多数。'76年逝去。東京都練馬区立美術館に多くの作品が収蔵されている。

ママはおしゃべり　　はじめてよむ どうわ
2009年8月14日　新装版第1刷発行
作家・**山中　恒**　画家・**おのき がく**　装丁・**木下デザイン事務所 戸崎敦子**　発行者・**小峰紀雄**
発行所・**㈱小峰書店**　〒162-0066 東京都新宿区市谷台町4-15　電話 03-3357-3521
本文組版／㈱タイプアンドたいぼ　印刷／㈱三秀舎　製本／小高製本工業㈱

NDC913　63p.　25 cm　ISBN978-4-338-24703-0
http://www.komineshoten.co.jp/